Primera edición: febrero 1993
Octava edición: abril 2003

Colección coordinada por M.ª Carmen Díaz-Villarejo

© del texto: Antonia Rodenas, 1993
© de las ilustraciones: Asun Balzola, 1993
© Ediciones SM, 1993
   Joaquín Turina, 39 - 28044 Madrid

ISBN: 84-348-6078-3
Depósito legal: M-16528-2003
Preimpresión: Grafilia, SL
Impreso en España / *Printed in Spain*
Raíz TG, SL - Gamonal, 19 - 28031 Madrid

No está permitida la reproducción total o parcial de este libro, ni su tratamiento informático, ni la transmisión de ninguna forma o por cualquier medio, ya sea electrónico, mecánico, por fotocopia, por registro u otros métodos, sin el permiso previo y por escrito de los titulares del *copyright*.

Rimas de luna

Antonia Ródenas / Asun Balzola

A mi hija Saray

La luna ha salido,
el sol ya se va;
una luciérnaga
sale a pasear.

Mira la luna,
no tiene cuna.
La jardinera,
con flores tiernas,
trenzará una
para que duerma.

La luna se esconde,
se quiere escapar.
La nube la oculta
con un delantal.
La luna...
La nube...
Un delantal.

Canta la luna,
la luna canta,
y el niño chico
no se levanta.

Canta en la noche
con su bufanda,
pues siente frío
en la garganta.

La luna se va a la escuela
a danzar con las estrellas.
La luna aprende a bailar
con el viento y en el mar.

Yo busqué en la noche
y a la luna encontré;
su cara era triste,
y ya sé por qué.
Buscaba a un lucero
que un día se fue
detrás de una estrella
y lo atrapó un pez.

La luna va creciendo
en las noches de invierno,
recoge sus cabellos
cuando la besa el viento.

Hay luna llena
y llantos de sirena.
Los mares cristalinos
en negra mar se quedan.

La luna llora
frente a su espejo
de aguas tranquilas
y azul intenso.
La luna llora
frente a su casa:
está muy triste,
está cansada.

La luna canta,
la luna llora,
la luna crece
y se enamora.
De un caballero,
de una mirada,
de una sonrisa,
de unas palabras.

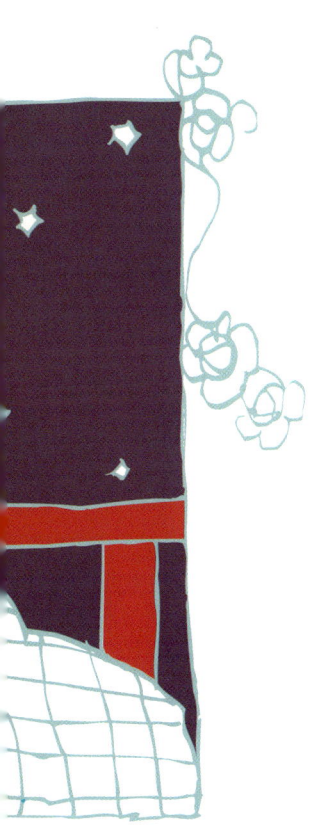

Que baje la luna
hasta mi ventana.
Que su luz se meta
dentro de mi cama.
Que luego se acerque
y roce mi cara.
Que muy despacito
pueda yo abrazarla.

Se va la luna
de mi ventana,
me dice alegre:
¡hasta mañana!
Abro los ojos,
se acerca el sol,
y en mi ventana
hay un caracol
que sube alegre
porque hay rocío,
llega a la rosa
y yo sonrío.